Frank Babyboom
Fahr nach Amsterdam, Alter

Frank Babyboom

Fahr nach Amsterdam, Alter

Erzählungen eines neugierigen Menschen

Impressum

Bibliografische Information der Deutschen Nationalbibliothek:
Die Deutsche Nationalbibliothek verzeichnet diese Publikation in der Deutschen Nationalbibliografie; detaillierte bibliografische Daten sind im Internet über http://dnb.dnb.de abrufbar.

Die automatisierte Analyse des Werkes, um daraus Informationen insbesondere über Muster, Trends und Korrelationen gemäß §44b UrhG („Text und Data Mining") zu gewinnen, ist untersagt.

© 2024 Frank Babyboom

Umschlagsbild: Frank Babyboom
Verlag: BoD · Books on Demand GmbH, In de Tarpen 42, 22848 Norderstedt

Druck: Libri Plureos GmbH, Friedensallee 273, 22763 Hamburg

ISBN: **978-3-7597-9608-0**

Inhaltsverzeichnis

AMSTERDAM, DIESE STADT DER GEHEIMNISSE

Der Bahnhof in Amsterdam soll auf Hunderten von Holzpfeilern gebaut sein. Und er ist sehr alt. Frank überlegt, ob er schneller gehen soll. Die eigenen Scherze sind immer die besten.

Geheimnisvolles Amsterdam. Frank liebt die Stadt. Er war bestimmt schon zehn Mal hier.

Er geht über den Zebrastreifen stadteinwärts und dann gleich rechts zur Anlegestelle für die Grachtenboote. Dort hat früher immer der Reisebus gehalten. Die Tagesfahrten waren gut besucht. Und Leute zum Quatschen waren auch da.

Mit dem Reisebus fährt er nicht mehr so gern. Dann muss er zu Hause sehr früh am Busbahnhof stehen. Dort fühlt er sich nicht mehr wohl, so früh am Morgen. Oder nicht so sicher. Jetzt nimmt er die Bahn, so gegen neun Uhr. In etwas mehr als zwei Stunden ist er in Amsterdam.

Frank freut sich auf sein Programm. Er hat sich schon eine ganze Zeit lang vorbereitet. Wie die Rennfahrer, die die Strecke im Geiste vor dem Rennen abfahren. Los geht's.

EIN BLAUER SCHUTZENGEL

Frank stellt sich an der Bushaltestelle rechts neben dem Bahnhof hin und schaut auf die Häuserzeile gegenüber. Und da ist sie, die goldene Göttin, wie er sie nennt. Sie ist ganz oben auf dem Dachfries eines mehrstöckigen Gebäudes angebracht. Kein Schwein schaut dahin, denkt sich Frank. Aber er, er hat diese geheimnisvolle Statue damals entdeckt. Und fotografiert. Vor der Reise hat Frank sich das Foto noch einmal angesehen.

Sie trägt ein blaues Kleid und goldene Flügel. Ein Schutzengel. Warum steht der Schutzengel dort oben auf dem Dachfries, wo ihn kaum einer sieht? Der gehört auf den Marktplatz, damit ihn alle sehen und sagen: Donnerwetter, Amsterdam hat aber einen tollen Schutzengel. Dieser Engel arbeitet im Verborgenen, oder zurückgezogen.

Jetzt kommt wieder Youtube zum Zuge. Da gibt es Autoren, die haben die Statue der Columbia untersucht. Die Statue der Columbia soll in alten Zeiten, so etwa vor zweihundert Jahren, das Symbol der USA gewesen sein. Deshalb sieht man die Statue auf sehr vielen Parlamentsgebäuden der US-Bundestaaten. Columbia ist auch eine Provinz in Kanada. England hat ebenfalls eine Columbia, sie heißt Britannia. Gibt es da einen Zusammenhang? Und hat die katholische Kirche hier auch wieder zugegriffen? Marienstatuen.

Das sind die Themen, die für Frank die Städtetouren so interessant machen. Durch Athen spazieren und sagen, oha, eine griechische Statue, das bringt ihm nichts. Und, sieh da, dort ist noch eine Statue. Langweilig. Für Frank zählt die Story behind the statue. Wie hier der goldene blaue Engel.

Er lässt es jetzt gut sein mit den kreativen Querverbindungen. Inanna, Athene, die Germania und das Matriarchat als

Grundform der Gesellschaftssysteme fallen ihm ein. Klasse, klasse. Aber hier, das ist jetzt ein Schutzengel in Blau mit goldenen Flügeln. OK. Trotzdem, sehr versteckt. Tja.

HALLO WACHTMANN

Der Damrak ist die Prachtstraße von Amsterdam. An der Ecke zur Bahnhofstraße ist ein Schuhgeschäft untergebracht. An den Eingängen standen beim letzten Mal zwei Aufpasser. Hier werden wohl Schuhe geklaut.

Komische Zeiten. Früher standen in seiner Stadt nie Wachtmänner vor den Schuhgeschäften. Er selbst hat keine Schuhe geklaut. In seiner Familie gab es keine Schuhdiebe, und in seinem Bekanntenkreis auch nicht, soweit er weiß.

Frank hat Videos aus den USA gesehen, in denen ganze Gruppen von Dieben gleichzeitig die Läden ausrauben. Shoplifter heißen sie drüben. Was wollen die beiden Aufpasser denn machen, wenn hier zwanzig Shoplifter auf einmal auftauchen? Sie könnten vielleicht zwei Diebe festhalten. Achtzehn Mann rennen mit der Ware hinaus. Ein großer Schaden entsteht. Jetzt müsste der Geschäftsinhaber zwanzig Wächter aufstellen, um beim nächsten Mal alle zwanzig Shoplifter zu ergreifen. Das wird teuer. Dann lohnt sich das ganze Schuhgeschäft vielleicht nicht mehr.

Shoplifting en gros ist, so betrachtet, der Untergang des Einzelhandels. Leider fängt das hier in seinem geliebten

Amsterdam anscheinend auch an. Dubai soll sicher sein. Aber Dubai ist weit, und teuer. Wie teuer?

SCHAMPUS LAGE

Frank geht ein paar Schritte weiter. Jetzt kommt sein früheres Lieblingscafé. Es ist in diesen schönen Brauntönen gehalten, die er so liebt. Kaffeebraun. Kaffee und warmer Apfelstrudel mit Sahne. Hmm, lecker. Drinnen waren immer große Fotografien aus alten Zeiten angebracht. Irgendetwas, er erinnert sich nicht mehr.

Das ist schwach. Da freut er sich auf sein Favoriten Café, und dann weiß er nicht mehr, welche Bilder oder Fotos dort an den Wänden hängen. Achtsamkeit, Junge. Tausend Stunden Yoga lesen, aber dann die Bilder vergessen. Das gibt Punktabzug im Nirwana.

Beim letzten Besuch, vor Corona, wurde das Café von einem jungen Mann geführt, etwa Mitte zwanzig, Der Inhaber ging immer ganz geschäftig hin und her. Den sieht er jetzt nicht. Vielleicht hat er gerade Urlaub. Oder er hat mehrere Cafés und hält sich woanders auf. Oder er hat das Geschäft verkauft. Welcher Mann Mitte Zwanzig verkauft ein Geschäft auf der Prachtstraße einer Weltstadt wie Amsterdam? Davon kann er doch leben bis er alt ist.

Möglicherweise hat der junge Mann einen glänzenden Kaufpreis erzielt und sitzt jetzt an einem Traumstrand im Süden und nippt an seinem Sekt.

Jetzt kommen gleich diese besonderen Statuen. Vorher muss er an dieser Spielhalle vorbei. Wie kann die Behörde eine usselige Spielhalle auf einer Prachtstraße genehmigen? Frank ist verärgert. In D ist das noch viel schlimmer. Da gibt es in allen Städten im Ruhrgebiet bald mehr Spielhallen als Bäckereien. Sind die Menschen so verspielt oder ist es der Zeitgeist?

Spielhallen werden von den Behörden genehmigt. Die Behördenvertreter werden von der Gemeinschaft gewählt. Wenn die Behörden so viele Spielhallen lizenzieren, dann schadet die Gemeinschaft sich selbst. Wieso? Verschenkte Chancen.

Frank rechnet nach. Wenn am Tag fünfzig vorwiegend junge Leute die Spielhalle betreten und sich dort im Schnitt vier Stunden aufhalten, dann macht das 200 Stunden Verweildauer pro Tag. Mal dreißig Tage sind 6000 Stunden. Mal 12 Monate macht rund 70.000 Stunden. Mal, sagen wir, zehn Spielhallen in einer mittelgroßen Stadt, das sind gut 700.000 Stunden pro Jahr, in denen die Bewohner auf drei Kirschen im Display warten. Mal hundert Städte in Deutschland, da wird dir übel.

Jetzt nehmen wir einmal an, nur angenommen, die Bevölkerung animiert ihre Vertreter zu einem Programm Jugend und Wissenschaft. Man trifft sich in den ehemaligen Flipperbuden und gibt sich landesweit ein Thema. Jeden Tag, vier Stunden lang ist geöffnet. Jeder darf kommen. Nehmen wir als Thema die Erforschung einer Glühbirne, die nur zehn Prozent der heutigen Energie für das Glühen braucht. Später kann man den Quantencomputer lokal erforschen, aber fangen wir mal klein an. So, hundert Städte mit jungen und älteren Menschen forschen an der Glühbirne. Die Ausstattung der Lokale wird von der Glühbirnenwirtschaft kredenzt. Bald gesellen sich die sozialen Medien dazu.

Peng, eines Tages kommt etwas heraus. Die neue Glühbirne ist da. Die community gibt sich Five und tanzt. Die Wirtschaft floriert. Die Importeuer rennen uns die Bude ein. Jeder will Glühsparlampen made in D. Bingo. Nächstes Thema.

Frank hat sich auf einen Stein vor der Spielhalle gesetzt. Er steht auf und geht weiter.

DIE STATUEN DER ALTEN WELT

Die steinernen Zeugen der alten Welt gefallen ihm. Sie erzählen Geschichten. Frank erzählt auch gern Geschichten. Diese Säulen hier, die gehören eigentlich gar nicht in die Umgebung. Der Unterbau sieht aus wie polierter Basalt. Jedenfalls ist es ein schwarzer Stein, wenn er echt ist.

Auf Simsen stehen griechische Statuen. Frauen in langen Gewändern halten Gegenstände in ihren Armen. Eine männliche Figur tätschelt einen Löwen auf den Kopf, der neben ihm steht. Kein Mensch schaut hinauf, jedenfalls bemerkt Frank keinen. Die Story der Figuren kommt heute auch bei Frank nicht an. Er versteht das Symbol nicht. Er ist ein wenig enttäuscht, über sich. Da hat er sich so gefreut, und dann fällt ihm nichts ein. Na ja, tröstet er sich. Er hat noch viele Eindrücke vor sich, der Rennfahrer im Geiste.

Ein paar Schritte weiter setzt er sich wieder auf einen Stein und denkt nach. War das Herkules? Nein, der hat gegen den

Löwen gekämpft. Diese männliche Statue hat den Löwen getät-
schelt, wie einen treuen Begleiter. Frank schaut auf dem Handy
im Internet nach: mann löwe begleiter, das ist es. Er stößt auf
die Sage von Heinrich dem Löwen. Dieser König lebte in
Braunschweig, Wie kommt die Geschichte auf den Damrak?
Die Sage erscheint Frank ziemlich verworren. Jedenfalls hat er
seine Story. Eine Story, aber ohne direkte Wirkung auf sein In-
nenleben. Mal gucken, vielleicht fällt ihm später noch etwas
ein. Das hat Frank schon oft erlebt. Er liest oder sieht etwas, und
sehr viel später macht es bei ihm Klingeling.

KOMMISSKÖPPE

So, jetzt kommt er zum Schlossplatz. Die goldenen Einhörner über dem Portal kommen später dran. Das wird ein
Schmankerl. Frank freut er sich jetzt schon auf die Story. Goldene Einhörner auf einem Königsschloss, du glaubst es nicht.

Vorsichtig überquert er die Straße. Radfahrer, Autos, die
Straßenbahn. Amsterdam ist eine Weltstadt. Da ist schwer was
los.

Das Nationalmonument erinnert an die holländischen Opfer
des zweiten Weltkrieges. Frank hat einmal gelesen, dass die
deutsche Wehrmacht Tausende Holländer hat verhungern lassen. Kann das sein? Er hat die Geschichte nicht nachgelesen.

Mein Gott, die Geschichte wäre ihm zu unangenehm, wenn sie stimmt. Wie kann man nur so etwas machen?

Als er achtzehn war, ist er mit seiner Freundin über das Wochenende nach Katwijk gefahren. Die Vermieterin war irgendwie nicht so freundlich zu ihnen, obwohl die beiden ihr nichts getan hatten, Sie gehörte wohl zur Weltkriegsgeneration. Vielleicht waren da noch alte Wunden.

Dieser ganze Krieg war sowieso Schwachsinn. Auch der Überfall auf Polen. Die Regierung hätte sich doch mit sagen wir mal mit fünfundzwanzig Komma eins Prozent an verschiedenen polnischen Unternehmen beteiligen können. Sperrminorität. Und die privaten Unternehmer ebenso. Dann wären die Länder zusammengewachsen. Und man hätte sich das ganze folgende Elend erspart. Auf die eigenen Fabriken schießt man nicht mit der dicken Berta. Anscheinend lernen wir es jetzt langsam.

KÄSE UND KÖPFE

Holland ist für seinen Käse berühmt. Hier in Amsterdam sieht Frank einige Käsegeschäfte. Früher, als er Kind war, wurden die Holländer so genannt. Frank hat dieses Wort nie gebraucht. Du kannst andere Leute nicht so nennen, das setzt sich fest. Achte auf deine Worte. So wird das nichts mit der Völkerverständigung.

Kann Holland mit Käse so reich werden? Eher nicht. Und Frank weiß seit ein paar Tagen auch, woher ein großer Teil des Wohlstandes kommt. Rotterdam.

In Rotterdam werden Unmengen von Waren aus aller Welt angelandet. Die Unternehmen verladen die Waren und transportieren sie weiter. Nicht nur innerhalb von Holland, sondern nach ganz Europa. Für ihre Arbeit nehmen die Unternehmen eine handling charge. Und das schlägt sich offenbar riesig zu Buche. In Rotterdam steigern sie unheimlich das holländische Sozialprodukt. Der Rotterdam-Effekt. Wirtschaft ist spannend. Gut, dass es Youtube gibt. Da steht so etwas drin.

JUGENDSTIL IST SCHÖN

Sein Weg führt ihn nun durch eine Seitenstraße mit Geschäften und Restaurants. So viele Erinnerungen hat Frank an seine früheren Besuche. Da rechts gab es eine Boutique, die hatte ihre Kleiderpuppen in eine Badewanne mit fake Schokoladensauce getaucht. Und diese Boutique war in einem Gebäude untergebracht, dessen Unterbau aus Mauern mit uralten grimmigen Gesichtern darauf bestand. Die alte Welt.

In Amsterdam sind anscheinend keine Bomben gefallen, deshalb findet Frank so viele alte Zeugnisse. Wie der Mann mit dem Löwen und hier diese Dämonen auf der Boutiquenmauer. Unsere Vorfahren waren begeisterte Geschichtenerzähler. Geschichten in Stein, die Frank nicht immer versteht. Aber Stein ist geduldig.

So, ein paar Meter links erkennt er wieder dieses wunderbare Glasfenster im Jugendstil. In natura gefällt ihm das. Im KI-Bilderprogramm hat er es nicht so sehr mit art déco. Da gibt es styles, die ihm mehr gefallen. Pulp poster style oder vintage Pop Art style, zum Beispiel.

Zurück zum Glasfenster. Der Anblick führt ihn im Geiste schon zum Spui. Dort ist eine ganze Fassade bei einem Restaurant in Jugendstil gestaltet. Amsterdam ist echt schön.

FLOHMÄRKTE UND WOCHEN-MÄRKTE

An der Ecke gibt es ein Dekogeschäft, wie es schöner nicht sein kann. Anna geht sonst immer dort hinein, und sie hält sich sehr lange dort auf. Frank wartet geduldig. Er freut sich, wenn sie sich freut. Anna ist für ein paar Tage zu einer Freundin nach Hamburg gefahren. Frank war es allein zu Hause zu langweilig. Deshalb ist er heute in Amsterdam.

Jetzt kommt die Brücke vor dem Flohmarkt. Am Anfang der Brücke hat man einen ganz tollen Ausblick auf die Gracht dahinter. Das ist so ein Punkt, an dem Frank gern eine Weile stehenbleibt. Genius loci. Alles Physik. Erdkräfte.

Er geht weiter, rechts auf dem Weg zum Flohmarkt. Klasse, klasse. Ein richtiger Flohmarkt. Nicht so betröppelt wie in den Städten im Ruhrgebiet. Auf den Flohmärkten dort wird jetzt Seife verkauft. Und Stahlwaren. Die echten Wochenmärkte sind weniger geworden. Rust Belt Syndrom.

In der Mitte des Flohmarkts haben sie früher an einem Imbisstand immer Pause gemacht. Pommes essen, chillen, Leute angucken. Ein Käffchen hinterher. Das Leben kann schön sein. Heute lässt er den Flohmarkt links liegen.

Nach ein paar Metern erreicht er den Tulpenmarkt. Das ist mal wieder echt Amsterdam. Viele Stände. Jede Menge Leute. Frank und Anna haben ein kleines grünes Viereck hinter ihrer Wohnung. Soll er dort eine Tulpenzwiebel einpflanzen? Tut er nicht. Kein gutes Zeichen. Er muss wieder mehr unter Leute gehen.

Es gab wohl vor ein paar hundert Jahren eine Tulpenkrise in Holland. Ähnlich wie die Finanzkrise 2008, so stellt sich Frank das vor. Wahrscheinlich haben die Spekulanten damals wie verrückt Tulpen, oder Tulpenzwiebeln, gekauft in der Hoffnung auf steigende Preise. Dies ist wohl nicht eingetreten, und Holland hatte seine Wirtschaftskrise. Frank hat darüber vor langer Zeit gelesen. Diese paar Sätze sind ihm in Erinnerung geblieben, jetzt am Tulpenmarkt.

Ein Päuschen. Eine Tasse Kaffee.

HOLZSCHUHE KLOMPEN

Gegenüber den Tulpenständen gibt es eine ganze Reihe von Souvenirläden mit Holzschuhen. Sie wurden von den holländischen Bauern erfunden, weil ihre Felder oft unter Wasser standen. Niedere Lande eben. Mit Holzschuhen kann man sich offenbar besser auf nassen Feldern bewegen. Bekommt der Bauer davon keine Schwielen an den Füßen?

Wenn Holland so nass ist, warum haben sich die Vorfahren der Holländer dann nicht in der Eifel niedergelassen? Dort ist es sicherlich nicht so nass. Nahrung. Die Menschen konnten sich vom Meer gut ernähren. Und der Handel. Wenn du am

Wasser geboren bist, dann kennst du dich gut mit der Seefahrt aus. Und so sind die Holländer nach England gefahren, und nach Spanien, und rund um die Welt. Frank denkt an die Buren Kolonien in Südafrika und an die Burenkriege aus dem Geschichtsunterricht. Die Engländer haben die Buren dort vertrieben. Logistik und Militärstärke. In Neu Amsterdam war es genauso.

Die alten Seefahrer aus Holland sind bis nach Asien gefahren. Das heutige Indonesien war einst eine holländische Kolonie. Frank denkt an die Produkte, die mit Java zu tun haben.

Also, die alten Holländer haben in dieser Hinsicht eine richtige Entscheidung getroffen. Im Handel liegt der Segen. Noch heute zehren sie vom Rotterdam-Effekt.

Holzschuhe, nasse Felder, das Meer – so ist Frank auf die Geschichte gekommen. Der Stadtbummel macht ihm Spaß.

ÄSTHETIK VS BRUTALISMUS

Links geht es zu den 9 straaten. Shopping macht am meisten Spaß, wenn man zu zweit ist.

Noch weiter links liegt ein Theater. Sie nennen es Schauburg. So hießen früher bei uns manche Kinos. Das Theater ist wohl im Empire Stil gebaut. Bei uns heißt das Kaiser-Wilhelm-Stil oder ähnlich. Also Türmchen, Säulen und viele Verzierungen. Frank mag diesen Baustil. Was er nicht mag, ist diese modern Brutal-Architektur. Kürzlich hat er ein Video von Bilbao gesehen. Dort wurde mitten in der wunderschönen Altstadt so ein hässlicher Küstenbunker Bau errichtet. Tza.

Jetzt geht Frank zurück und dann über die Brücke Richtung Spui. Hinter der Brücke am Koningsplein gibt es Bänke zum Ausruhen. Bei einer Bank muss man aufpassen. Darüber treffen sich die Tauben.

JUGENDSTIL UND LECKERE POM-MES

Der Spui ist sein liebster Platz. Dort gibt es so viele schöne Dinge, dass Frank sie gar nicht aufzählen kann. Zum Beispiel diese Buchhandlung. Tolle Bücher über Kunst. Popart und alles andere. Dann natürlich die Pommesbude mit der Joppie-Sauce. Sie liegt in einer kleinen Seitenstraße. Das älteste Café von Amsterdam liegt auch hier. Ceasars Salat, einfach spitze. Anna war begeistert. Weiter oben gibt es Verkaufswagen mit frischem Fisch. Gegenüber liegt nun dieses Lokal mit der Jugendstil Fassade. Jugendstil, das heißt zurück zur Natur. Florale Elemente, hübsche Figuren, sanfte Farben. Meine Güte, was haben sich die Leute früher Mühe gegeben, ihre Häuser schön anzumalen.

Rechts neben dem Lokal hat Frank diesen mysteriösen Eingang entdeckt. Eine halbrunde Holztür im Souterrain mit einem schwarzen Rand. Und jetzt kommt es. Der Rand hat im Halbkreis Linien aufgemalt, wie die Ziffernblätter einer Uhr. Wer hat sich das denn ausgedacht? Möglicherweise liegt dem Ganzen ein profaner Zweck zugrunde. Das Werk ist jedenfalls ein eyecatcher, für Frank, den Stadterkunder.

Pause. Bank sitzen. Pommes essen.

Jede Menge Verkehr. Die Straßenbahnen passen perfekt in dies Umgebung. Schön europäisch, passend zu den Fassaden. Verkehr ohne Ende. Menschen kannst du beobachten, das ist einfach klasse.

Pommes. Angeblich haben die Belgier die Pommes Stangen erfunden. Frank wurde einmal von Kollegen in Brüssel auf den Grande Place eingeladen. Und da gab es neben Fisch und Fleisch riesige Portionen von Pommes. Und die belgischen Gastgeber waren ganz stolz auf ihre Erfindung.

Holland gibt es erst seit ein paar hundert Jahren als eigenen Staat, wenn Frank das richtig in Erinnerung hat. Vorher war es ein Teil von Spanien. Die Holländer haben sich selbstständig gemacht. Und Belgien? Frank weiß es nicht. Warum ist Belgien kein Teil von Holland? Er erinnert sich, dass Teile der Bevölkerung von Belgien sich vor einigen Jahren trennen wollten. Die Flamen wollten zu Holland, und die Wallonen wollten sich Frankreich anschließen oder selbstständig bleiben. Frank hat die Geschichte nicht weiterverfolgt. Wenn die Flamen zu Holland gegangen wären, würde die Pommes dann heute als eine holländische Erfindung bezeichnet?

PREFERRED VENDOR

In einer Seitenstraße hinter dem Spui gab es früher ein Stempelgeschäft. Frank geht heute nicht dort vorbei. Aber er erinnert sich jetzt daran. Draußen prangte ein riesiger Stempel. Klasse Werbung, wie in USA mit den überlebensgroßen Cowboy-Figuren.

Das Geschäft warb mit einem Hinweis auf den Königspalast. Moment mal, denkt sich Frank. Ist das denn erlaubt? Wenn ein Kaufmann einen Stempel braucht, dann geht er zuerst zum königlichen Stempelmacher. Der muss ja gut sein. Und was ist mit den anderen Anbietern? Gehen die jetzt über den Preis in den Markt? Royal minus fünfzehn Prozent, dann kauf ich auch bei Stempel-X, oder wie geht das? Komisch.

DREI KREUZE MUSST DU MACHEN

Hin und wieder sieht Frank dieses ungewöhnliche Wappen. Über Torbögen, als Flagge und auch auf Gehweg-Ebene. Drei Kreuze auf einem roten Schild, und darunter noch eine schwarze Fläche. In der besonders geschmückten Form halten zwei goldene Löwen den Schild fest. Die Löwen stehen auf den Hinterbeinen. Manchmal muss man sich auf die Hinterbeine stellen. Ist das die message? Über dem Schild ist oft eine Königskrone angebracht.

Also, an dieser Stelle sieht er ein Schild ohne Löwen und ohne Krone. Aber, drei weiße Kreuze. Er hat im Internet nachgeguckt. Dort findet er verschiedene Erklärungen für die drei Kreuze. OK.

Kann Frank sich ein eigenes Wappen erstellen? Kann er. Das Wappen darf nur nicht abgekupfert sein. Das ist mal eine Idee. Ein Grafikprogramm aufrufen. Frank reitet auf einem Einhorn und tätschelt einen Löwen. Die eigenen Witze sind ….

DER KÖNIG KRIEGT DIE LEBER

Auf dem Torbogen in einer kleinen Seitenstraße entdeckt Frank wieder ein Wappen und einen Löwenkopf mit weit aufgerissenem Maul. Überall Königswappen.

Mit den Königen stellt sich Frank das folgendermaßen vor.

Eine Gruppe von Steinzeitmenschen zieht durch die kargen Ebenen Europas. Plötzlich bleibt einer stehen. Er reckt den Kopf nach oben und schnuppert in der Luft. Da drüben ist Wasser, ruft er aus. Und da ist tatsächlich Wasser. Die Gruppe feiert den Recken und macht ihn zum rex, also zum König. Der König bekommt die größte Hütte und nach der Jagd als erster ein Stück Leber. Das ist wie in dem Film ,Der mit dem Wolf tanzt'. Der Held hat die beste Idee und wird belohnt. Die Leber ist sehr nahrhaft. Lang lebe der König.

Das Königtum kommt ein paar Jahrhunderte ganz gut weg. Dann macht der Sonnenkönig oder wer auch immer einen katastrophalen Fehler. Er lässt das Volk hungern. Die Französische Revolution soll eine Hunger-Revolution gewesen sein, so hat Frank gelesen. Revolution hier und da, das Königtum gerät allerorts ins Wanken. Dann kommen noch ein paar verlorene Weltkriege hinzu. Die Könige werden weniger. Einige Königshäuser gibt es immer noch.

Vielleicht hat die Menschheit in den Uranfängen einen zentralen Fehler gemacht. König Rex stirbt. Sein Sohn wird der neue König, obwohl er nicht die Schnüffelnase vom Vater geerbt hat. Auch sonst ist er eher durchschnittlich begabt. Jupp, der Schmied, wäre ein ganz, ganz toller Stammeshäuptling. Aber er ist halt nicht dein Sohn des Königs. Diese Blutlinientreue hat uns vielleicht viel Kraft gekostet aus Fehlentscheidungen. Heute machen die Amis es besser. Der Präsidentschafts-Kandidat der Demokraten oder der Republikaner wird öffentlich gekürt. Sie müssen in einer öffentlichen Anhörung zeigen, was sie draufhaben. Und sie müssen die Delegierten überzeugen können. Papas Präsidenten Sohn wird nicht automatisch dessen Nachfolger.

Und dazu ist eine wesentliche Verlagerung ins Spiel gekommen. Kaufleute haben die Macht übernommen. Früher haben die cleveren Herrscher durch Heiraten kreuz und quer über den Kontinent ihre Macht bewahrt. Das haben die Kaufleute sich gemerkt. Sie tauschen jetzt statt Söhnen und Töchter die Anteile an ihren Unternehmen unter sich auf. Ich gebe dir zwanzig Prozent Pharma, und du gibst mir zwanzig Prozent Maschinenbau. Gemacht. Die Herrschaft des Geldes ersetzt die Herrschaft des schnüffeligen Recken. Geld riecht nämlich nicht.

Was hat das mit der Wappenkunde zu tun? Königshäuser hatten oder haben Wappen. Multinationale Firmen haben Logos. Wappen sind irgendwie out. Vielleicht sollte Frank doch eher einen Logo-Generator ausprobieren.

Könige irren. Unser Kaiser Wilhelm hat sich auch mächtig geirrt. Ein starker Charakter hätte nach einer Woche WK-1 einsehen müssen: Hey, Leute das bringt nichts. Lass uns um Gottes Willen aufhören. Er macht eine Telefonschalte mit Georg, Alexander und Leopold. Man trifft sich in Wien oder sonst wo und hört auf mit dem Quatsch. Konnte er nicht. Konnten die anderen auch nicht. Einer wie Jupp, der Schmied, hätte es vielleicht hingekriegt. Der war aber nicht blaublütig.

Dabei hatten die europäischen Königshäuser schon einmal eine große Chance für eine royale EU. Damals, anno 1815, traf man sich zum Wiener Kongress. Neuordnung stand auf der Agenda. Neuordnung hätte bedeuten können, wir einigen uns auf einen Europa König oder Kaiser. Von mir aus ein Primus Inter Pares. Dann hätten allerdings die anderen Potentaten ihr Knie vor der Nummer Eins beugen müssen. Das geht nun mal gar nicht. Also blieb alles beim Alten.

Stell dir mal vor, sagt Frank zu sich, das hätte damals geklappt mit der Adels-EU. Dann hätten wir heute 200 Jahre Erfahrung mit der Bananenverordnung. Die ganze Welt würde nach Wien oder Brüssel oder sonst wohin kommen und fragen: Wie habt ihr das gemacht?

Die eigenen Witze sind immer die lustigsten.

In einer Seitenstraße hat Frank bei einem früheren Besuch einen Löwen aus Gusseisen entdeckt. Wer stellt ein Löwendenkmal einfach mitten auf einem Gehweg ab?

Der Löwe liegt, er steht nicht mächtig dominant dort. Liegender Löwe in Amsterdam gibt wieder Rätsel auf. Löwentätschler, Königswappen, Löwe am Spui. Überall stehen oder liegen hier die Löwen herum. Gab es früher in Nordeuropa Löwen? Eher nicht. Warum nehmen sie dann nicht einen Wolf als Symbol? Oder einen Bernhardiner, einen Schäferhund, was weiß ich, denkt sich Frank. Einen Säbelzahntiger würde er auch noch verstehen. Der Löwe besitzt eine Symbolik, das ist schon klar. Stärke, Mut, Dominanz. Was weiß ich.

Dabei ist das mit der Dominanz gar nicht so klug. Vor langer, langer Zeit hatte Frank einen Artikel im Internet aufgeschnappt, der genau in die andere Richtung wies.

Das Thema heißt Erfolg. Wenn du mit einem anderen konkurrierst, dann liegt deine durchschnittliche Erfolgschance bei 50. Wenn du allein schaffst und keiner dich direkt stört, bei 100. Wenn du dich aber mit einem anderen zusammentust, dann steigt der Quotient auf 120. Oha.

Der Löwe ist dominant. Was ist das Gegenteil von Dominanz? Kooperation. Die Ameise, zum Beispiel. Eine gusseisernes Ameisenskulptur als Symbol einer erfolgreichen Nation. Und darauf wartet Frank jetzt.

Auf dem Rückweg nimmt Frank noch seine Shoppingstraßen mit. Kalverstraat und Nieuwendijk.

Auf der Kalverstraat liegt seine weltweit Lieblings-Boutique. Die haben Sachen, die findet Frank sonst nirgendwo, zum Beispiel in Deutschland nicht. Die Inhaber müssen ganz woanders einkaufen als unsere Boutiquen. Gerade in der Jeans-Abteilung ist er immer gespannt, was sie jetzt wieder ausgegraben haben. Die Jeansjacken sind immer ganz ausgefallen. Hemden wie sonst nirgends. Preise sind ok. Musst du eben ein bisschen sparen. Ansonsten abwarten bis Antalya, in den Bazaren. Aber er ist jetzt in Amsterdam. Die Hawaiihemden sehen auch spitze aus. Aber er hat schon ein paar.

Er tigert noch durch zwei oder drei andere Boutiquen. Mann, das macht Spaß.

Die Nieuwendijk Straße schenkt er sich heute. Das ist Annas Revier. Schuhgeschäfte en masse, dazu prima Damen Boutiquen. Beim ersten Besuch war Frank erstaunt, dass noch Seilzüge an den oberen Etagen hängen.

Time slip. Kommt ein Pferdefuhrwerk vorbei, vollgepackt mit Tabak aus einem fernen Land. Gekonnt befestigt der Lademeister Seile und Haken an dem Bündel. Mit Gesang und Geschrei ziehen stämmige Lagerarbeiter die Ware nach oben, wo sie gut verstaut wird. Bis der Tabakhändler am nächsten Tag kommt und den schwarzen Tobak an die Kunden bringt. Schnitt.

Frank hat es nicht so sehr mit den Touri Dekos. Ist doch klar, dass über der Boutique dort keine Ware mehr mit dem Lastenzug entladen wird. Blickfänger mit Nostalgie-Effekt. Ein bisschen doof eben, findet Frank. Zwischen den Boutiquen waren beim letzten Mal coffeeshops angesiedelt.

EIN EINHORN

Einhörner sind Märchengestalten. Deshalb kommen sie in Märchenbüchern vor. Und in Märchenfilmen und anderen Medien.

Was hat ein Einhorn über dem Eingangsportal eines Königsschlosses zu suchen? Will der König seinen Unterthanen Märchen erzählen? Nein, das kann Frank nicht glauben. Könige setzen ihre ganze Kraft ein, um dem Volk zu dienen. Da erzählt man keine Märchen, höchstens ein Gleichnis.

Was gleicht einem Einhorn? Pferde. Pferde sind groß und kräftig. Sie können Lasten transportieren, und der Mensch kann mit etwas Geschicklichkeit darauf reiten. Frank sieht keinen Zusammenhang.

Einhörner stehen für das Gute im Menschen, sagt das Internet. Wieso? Was hat ein Pferd mit Hornaufsatz mit Ethik und Moral zu tun? Hörner abstoßen. Das war auch nichts.

Frank rätselt schon seit seinem ersten Besuch in Amsterdam über die Bedeutung dieser Gestalt. Frank ist zu doof, er kommt nicht darauf.

In England gibt es auch Einhörner als Wappentiere. Das Nachlesen im Internet hat ihm nicht weitergeholfen. Haben das englische und das niederländische Königshaus gemeinsame

Wurzeln oder Blutlinien? Frank hat die Spur nicht weiterverfolgt.

Aber, da fällt ihm Gotha ein. Er war schon ein paar Mal dort. Schöne Gegend, tolle Gebäude. Gotha, Erfurt, wandern. Alles klasse. Also Gotha. Frank erinnert sich, dass eine Prinzessin oder Königin von Gotha einstmals einen englischen Köbig geheiratet hat. Und dann hieß das Königshaus auch entsprechend, irgendetwas mit Gotha. Im zweiten Weltkrieg hat der englische König dann den Familiennamen geändert, weil Gotha eben deutsch ist, und weil die beiden Länder im Krieg waren. Kamen dann die Windsors? Frank ist royal unterbelichtet. Solche Sachen fallen ihm nur ein, weil er einen Bezug des Einhorns von Amsterdam mit England sucht. Reingefallen. Er kommt nicht darauf.

Eines wundert ihn nachträglich. Wenn Deutschland und England derart tiefe Verbindungen auf höchster Ebene besaßen, warum haben die Länder dann einen Krieg miteinander angefangen? Tausend Jahre Adel. Tausend Jahre Erfahrung im politischen Geschäft. Die beiden Königshäuser hätten doch verhindern müssen, dass man sich bekriegt. Oder sie hätten den Krieg nach dem Einfall in Polen schnell wieder beenden können. Frank zieht eine innere Schnute. Von richtigen Königen hätte er etwas anderes erwartet. Wie ist er darauf gekommen? Ach ja, das Einhorn.

Frank lässt es jetzt gut sein. Er setzt sich auf einen Stein und schaut sich die Leute an. Die ganze Welt ist hier. Das sieht aus wie auf dem Times Square. Frank war früher beruflich in New York, und der Times Square hatte es ihm angetan. Gegenüber von den großen Leuchtreklamen gab es ein Café. Von dort konnte er prima alles beobachten. Ein solches Café gibt es hier auch auf der anderen Seite vom Schlossplatz. Aber heute hat er keine Lust darauf.

Da ist noch etwas mit dem Einhorn Portal. Frank hatte vor langer Zeit schon dieses Portal fotografiert. Erst einmal sind dort zwei Einhörner zu sehen Ein Einhorn links, eines rechts. Einhorn Symmetrie. Egal, was das auch immer bedeuten soll. Dann sind noch weitere Figuren zu sehen. Poseidon mit dem Dreizack und Figuren mit Posaunen. Posaunenengel.

Aber jetzt kommt's. Über der ganzen Szenerie thront eine Frau. Sie sieht aus wie die Engelsfigur am Bahnhof, nur ohne Flügel. Die Frau sitzt. Sie hält einen Lorbeerzweig in einem Arm und ein Schild in dem anderen Arm. Sieg und Schutz, okay. Aber, was Frank am meisten wundert, ist die Tatsache, dass die Frauengestalt über allem thront.

Das erinnert ihn an ein Altarbild in Kroatien, in Rabac. Dort saß auch eine Frau, Maria womöglich, über einer ganzen Gruppe von Männern.

Ist das hier die heilige Jungfrau Maria auf dem Sims? Frank hat es mit der christlichen Glaubenslehre. Die erzählt ihm nämlich alles solche Sachen, die er nicht versteht. Mit Maria zum Beispiel.

Die heilige Dreifaltigkeit besteht aus Gottvater, Gottsohn und dem heiligen Geist, heilig groß oder klein geschrieben. Wo bleibt Gottmutter? Zu einer traditionellen Familie gehören Vater, Mutter und Sohn. Bei den Christen fehlt die Mutter. Steht Mutti Maria jetzt in der Küche und kocht brav für das edle Dreigestirn im Wohnzimmer?

Und jetzt kommt's. In alten Kulturen, so sagen einige Videos auf Youtube, gab es oft ein Matriarchat. Die Mutter Königin schwebte also über den Rängen darunter. Hier auch. Die Frauengestalt als Königin sitzt eindeutig ranghöher als die Gruppe mit Posaunen und Einhörnern. Was will uns das sagen? Wer hat diese Symbolik einst in Auftrag gegeben? Das war kein Zufall, das glaubt kein Mensch. Das ist eine Story mit Bedacht ausgewählt, meint Frank jedenfalls.

LET THE MUSIC PLAY

Vor der Heimfahrt ist jetzt noch die Music-Box an der Reihe.

Das Lokal liegt gleich an der Abfahrtstelle für die Reisebusse. Bei einem früheren Besuch ist mit Anna einmal in dieses Lokal gegangen. Und da stand diese super shoobie doobie Music-Box. Klassisches Design, 50er Jahre, Neonrahmen, all you can wish.

Die Schallplatten aus seiner Jugendzeit hatten schon etwas für sich. Anfassen, auf den Teller legen. Arm hoch, abspielen. Taktiles Erleben.

Manche Psychologen im Netz sagen, dass die heutigen Genrationen seelisch verarmen würden. Sie erfahren nicht genug über ihre fünf Sinne. Der Tastsinn gehört dazu. Wenn Frank über YouTube einen Song aufruft, dann macht er klick. Wenn er die Scheibe auf den Plattenspieler gelegt hat, dann passierte eben mehr.

So geht es ihm auch mit dem Stadtbummel. Viele Leute von heute gucken auf ihr Handy. Da musst du aufpassen, dass dich nicht ständig jemanden umrennt. Er guckt nicht so oft auf sein Handy. Daher sieht Frank diesen blauen Engel und die anderen Gestalten über Kopfhöhe. Der Sehsinn wird also herausgefordert. Das ergibt netto mehr Eindrücke.

Der Yoga sagt das auch. Achtsam sein, alles sehen, riechen und so weiter. Was hat das für einen Vorteil, wenn du achtsam bist? Du lebst im Moment.

Frank lernt im Alter viel dazu. Da gibt es Sachen, auf die hat er früher überhaupt nicht geachtet. Früher ist früher. Damals waren Arbeit und Party machen. Jetzt ist die Arbeit weg, Party macht man auch bevor you are sixty-four. Da kommt ihm der Spruch mit der Achtsamkeit gerade recht. Der Senior Alltag kann aufgefüllt werden.

Zurück zu dem Lokal mit der Music-Box. Frank geht heute nicht hinein. Das Geld zusammenhalten. Eine Tasse Kaffee kostet heute zwei fuffzig oder auch vier Euro oder was weiß ich. Vier Mal in der Woche in der Stadt gewesen. Vier Mal zwei fuffzig gespart. Das macht einen Zehner pro Woche, Minimum. Mal 52. Bingo, eine Woche Antalya ist wieder im Sack. Kaffee trinken kann er dann zuhause. Da kostet so ein Tütchen Instantkaffee eben 25 Cent.

AKTIENSPAREN

Seit einigen Wochen guckt Frank jetzt auch Street Fashion auf Youtube. Wie kommt er jetzt darauf? Weil er vorhin auf der Kalverstraat die Jeansjacke gesehen hat.

Also die Street Fashion. Am besten gefallen ihm die Videos aus Mailand. Klar, die Leute übertreiben. Aber Frank spürt auch ein ganz gewisses Lebensgefühl. Oder den Spaß am Leben. Wer sich so kleidet wie die Gutbetuchten in Mailand, der will im Hier und Jetzt gut und gern leben. Das findet Frank okay. Die Yogalehre sagt auch, du sollst in der äußeren und in der inneren Welt leben. Mailand macht es also richtig, äußerlich betrachtet.

Videos aus New York findet Frank modemäßig nicht so gut. Irgendwie geht da dort alles durcheinander. Er erkennt keine durchgängige Richtung. Amerika ist eben anders.

Paris? Paris war klasse. Damals ist er mit Anna nach Paris gefahren. Ein kleines Hotel in St. Germain. Die Seine, die Champs-Elysees.

Der Trip nach Amsterdam tut ihm gut. Er findet auch, dass er nicht in Nostalgie versinkt. Er genießt es, die Eindrücke von heute mit seinen Erinnerungen zu verknüpfen.

Erinnerungen sind immer rückwärtsgerichtet. Frank ist jetzt älter. Senior, also mehr als alt. Den Gedanken hat er vorhin schon gedacht. Wenn er jetzt mehr Geld auf der Kante hätte, dann könnte er mal kurz mit Anna nach Mailand fahren, und sie könnten die Street Fashion live erleben. Könnten sie auch, gerade noch. Sollen sie es tun, einfach mal so? Aber dann ist ein Teil ihrer Rücklage weg. Die Rücklage ist das Problem. Im nächsten Leben macht er es anders. Dann fängt er mit achtzehn das Aktiensparen an, und die Sache sähe anders aus. Nehmen wir mal 100 Euro pro Monat. Das macht 1000 im Jahr. Mal fünf-zig Jahre, mal Leverage Effekt. Mailand, here we come.

ZEITMASCHINEN

Der Tag war gut. Der hat ihm gefallen. Er macht sich jetzt auf den Heimweg.

Es ist nämlich kurz vor Drei. Mit dem Zug wird er gegen 18 Uhr daheim sein. Dann ist es noch relativ hell. Wenn es dunkel wird, dann gehen die Eloi in die Heia. Dann schlägt die Stunde der Morloks. Das haben die Drehbuchautoren aus Hollywood alles schon 1960 gewusst. Die Zeitmaschine mit Rod Taylor als Blaupause für gesellschaftlich korrektes Verhalten in der Jetztzeit.

Das ist neu mit der Zeitmaschine. Frank ist sein Leben lang nach Hause gefahren, wenn es eben Zeit war, nach Hause zu fahren. Nach der Uni, wenn nachmittags noch ein Kolloquium war, dann ist er abends eben in die Stadt gefahren und hat eine Bummel gemacht und ein Bier getrunken. Im Berufsleben war er in vielen großen deutschen Städten. Frankfurt Niederrad, mit dem Auto zum Parkplatz am Bahnhof, runter zur Zeil. Bei der Deutschen Oper eine Pause gemacht, wieder zum Parkplatz. Brumm brumm, zurück ins Hotel. Kein Problem.

Jetzt stehen unangenehme Sachen in der Online-Zeitung. Er selbst hat auch zwei Mal solche Erlebnisse gehabt. Er fährt jetzt nicht mehr mit dem Auto, sondern mit dem Bus oder mit der Bahn. Gelsenkirchen Hauptbahnhof, umsteigen. Einmal grölt ihn einer aus einer Fangruppe an. Frank hatte kein Emblem von Schalke oder Dortmund an sich. Opa mit Hut, sozusagen. Ein anderer Fan hat den Gröler dann beruhigt.

Ein anderes Mal kommt ihm ein junger Mann entgegen und bückt sich plötzlich vor ihm, als wollte er ihn von unten angreifen. Hat er aber nicht. Er wollte den Frank nur erschrecken. Machtdemonstration. Frank hat sich nicht erschreckt. Der andere guckt ihn überrascht an, weil Frank nicht zusammengezuckt ist. Dann geht Mister X weiter. Ey, hat die Kartoffel Glück gehabt, oder was?

Mit dem Zugfahren hat Frank jetzt also auch schon ein paar Probleme. Alles Einbildung, das weiß er. Aber wie bekommt er die News aus seinem Kopf? Hannover soll ganz schrecklich sein. Hannover, die CeBIT. Und jetzt ist der Bahnhof auf einmal gefährlich. Du glaubst es nicht. Dortmund hat seit neuestem die Pole Position, wenn das alles stimmt. Einer will nachgerechnet haben, dass ungefähr jeder hundertste Reisende das Opfer einer Straftat werden kann. Da musst du dich nur hinstellen und hundert Mann abzählen. Dann kannst du weitergehen.

Hier in Amsterdam hat er auch Eindrücke mitbekommen, die anders sind als in den früheren Jahren. Doormen am Schuhgeschäft. Noch ein paar Eindrücke, die er zurückdrängt. Wenn die anderen Bürger das auch so machen, dann gibt das ein Problem. In der Wetterkunde entladen sich alle Spannungen nach einer gewissen Zeit. Das gleiche gilt im gesellschaftlichen Bereich, sagen die Soziologen. Diese Gedanken von Eloi und Morlok hatte Frank mindestens ein halbes Jahrhundert lang vergessen. Jetzt kommen sie wieder auf. Das ist nicht gut.

Frank möchte gern abends einen Schaufensterbummel in A-Stadt oder in Z-Stadt machen ohne schlechte Gedanken. Und er möchte zurückfahren, ohne auf die hereinbrechende Abenddämmerung zu schielen.

DEJA VU

Will Frank demnächst wieder nach Amsterdam fahren? Warum? Die Vorstellung von Shoplifting hat ihn gestört. Viele interessante Stellen Sachen kennt er jetzt. Alte Statuen mit ihren Stories, der Flohmarkt, der Blumenmarkt, Jugendstilfassaden. Der Spui ist sein Platz. Das gibt Punkte für Amsterdam. Es gibt es ein paar neue Dinge, die ihn noch interessieren. Er ist noch nie mit dem Hop-On Hop-Off Bus gefahren. Der fährt zum Reichsmuseum. Aussteigen, gucken, wieder einsteigen.

Mit den alten Meistern hat er es nicht so doll. Er hat mal nachgeschaut, was sie so besonders macht. Die Lagentechnik. Die Ausbildung in Gilden. Kreativität der Individuen. Gut. Aber nicht bewegend. Die Bilder kann er sich auch im Internet ansehen.

Dort im Reichsmuseum kann er eine besondere Atmosphäre erwarten. Flair. Die Einwohner von Amsterdam, die sich für Kunst interessieren, müssen stolz sein auf ihre alten Meister. Diese Gefühle müssen sich dort ausbreiten. Es liegt etwas in der Luft, so wie an der Grachtenbrücke vor dem Flohmarkt. Solche Momente sucht Frank. Das ist etwas anderes als ein Rentneralltag. So etwas krönt den Tag. Allerdings bieten andere Museen auch ein Flair.

Also, fährt er mit Anna noch einmal einen Tag nach Amsterdam oder woanders hin. Wie viele Tage hat er noch?

Mal rechnen. Das Durchschnittsalter eines deutschen Mannes liegt bei 76 oder 78 Jahren. Er ist 76. Statistisch gesehen ist er in der Zielgeraden. Sein Vater ist über 90 Jahre alt geworden. Das sind noch 5000 Tage und ein bisschen. Nicht schlecht. Und jetzt kommt es. Im Yoga werden die Tage nach Atemzügen gerechnet. Wenn einer also bewusst atmet, dann kann er seine Lebensspanne ausdehnen.

Frank findet Yoga ist klasse, oder besser gesagt, angenehm. Im Yoga gibt es keine Dogmen oder Doktrinen oder Gebote. Du bekommst Empfehlungen. Tu dies und das, dann bleibst du gesund und hast ein langes Leben. Ein langes Leben bedeutet viele magic moments. Reichsmuseum, here I come?

Oder auch nicht. Utrecht soll auch eine interessante Architektur bewahrt haben. Andere Statuen, andere Geschichten. Utrecht liegt gleich hinter dem Ruhrgebiet. Rein in den Zug, raus in Utrecht. Und von dort aus soll eine Bimmelbahn oder eine schöne Straßenbahn nach Scheveningen fahren. Meeresluft. Mit Anna auf einer Bank sitzen und Fisch und Pommes essen. Architektur und Pommes an Meer. Eine schöne Kombination.

SAFETY FIRST

Oder Dubai.

Dubai geht ihm auch heute nicht aus dem Kopf. Seit ein paar Wochen schaut Frank immer mehr Videos über Dubai. Das nimmt seltsame Züge an. Die S-Bahn dort ist blitzeblank sauber. Auf den Straßen liegen keine Betrunkenen oder Rauschgiftkranken. Er stellt sich vor, wie er aus dem Hotel geht, rechts zum Einkaufszentrum. Im EKZ alles sauber. Keine Gruppen, die pöbeln oder auch mal schubsen. Heute heißt das Gruppen.

Frank wundert sich sowieso seit Jahren, dass in Frankfurt Rauschgiftkranke auf den Gehwegen liegen. Wenn eine alte Frau auf der Straße hinfällt, dann eilen die Passanten herbei. Sie rufen den Krankenwagen. Die Frau wird ins Krankenhaus gebracht. Wenn ein Mensch in der Öffentlichkeit Rauschgift einnimmt und zu Boden sinkt, dann lässt man ihn liegen. Ist das nicht unterlassene Hilfeleistung? Muss ein Mitglied der Stadtverwaltung nicht dafür sorgen, dass der Kranke ebenfalls abgeholt und medizinisch versorgt wird?

Der Verfall des individuellen Sicherheitsgefühls in D stört Frank massiv. Was kann er tun?

Wählen gehen. Früher hat er immer die bürgerliche Mitte gewählt. Helmut Schmidt war der beste.

Lernen, arbeiten, gut leben. Das ist für ihn bürgerlich. Wenn du dir was leisten willst, dann hau rein. Wenn du nach der Arbeit gemütlich im Garten sitzen willst, auch gut. It' s up to you.

Frank hat eines Tages mit dem Wählen aufgehört. Groko als demokratisch gewählte Mehrheitsregierung ohne ernsthafte Opposition konnte ihm keiner verkaufen. Erzkonservativ will er auch nicht. Er will seinen freien Willen in Wort und Schrift ausdrücken und souverän leben. Da spielt es keine Rolle, auf welcher Seite im Plenum die Dienerschaft sitzt.

Das politische System sich verändert. Einer wie Frank, jetzt hat er den Salat.

Freizügigkeit mündet in eine unheimliche Toleranz. Jeder darf tun, was ihm gefällt. Zum Beispiel Rentner mit Hut am Bahnhof erschrecken. Früher ging der Bürger zum Polizeihauptmann unten in der Wache. Der Wachtmeister hat das Bürschchen an den Ohren gezogen. Rentner erschrecken, das tat Bürschchen so schnell nicht mehr. Warum die Ordnungsbehörden an den Bahnhöfen in Hannover und Dortmund nicht Ordnung schaffen können ist ihm ein Rätsel.

Die Sache mit den grölenden Fans ist auch schwierig. Klar, junge Leute werden laut. Dann ist da die Idee des Fußballs als Ersatzreligion.

Die christliche Religion liegt bei uns nahe der Agonie. Das hat schon anno 323 begonnen. Im Konzil von Nicäa haben sie einfach einen Teil der alten Bücher verboten. Dies und das nicht passt in den religiös-politischen Kram, das kann weg. Heute kommen verschiedene Sachen auch auf den Index. Schnitzel. Leute aus anderen Kontinenten. Kartoffelesser. Demnächst können sie noch die Videos über die Annunaki verbieten. Videoverbrennung.

Keine religiöse Orientierung. Keine klare gesellschaftliche Orientierung. Keine Chance, sich mit überzeugenden Zielen zu identifizieren. Ich gehe zur Fangruppe und werde laut. Das kann der Frank verstehen.

Im Zusammenleben gibt es bestimmte Regeln. Eine Ordnung. Ordnung schaffen, aber wie? Die Liebhaber des Ordnungsstaates gehen auch den falschen Weg. Im Internet hat er kürzlich Berichte über die Weimarer Zeit gelesen. Damals hat die Polizei beliebige Passanten gefragt, warum sie auf dieser Straße gehen oder stehen. Damals gab es wahrscheinlich keine corner standing communities. Mutmaßlich. Aber der Durchschnittsbürger wurde eben auch ohne Not kontrolliert. Hören Sie mal, was machen Sie denn um vierzehn Uhr dreißig auf dem Damrak? Haben Sie nichts zu arbeiten? Nein, ich bin Rentner. Ausweis zeigen. Darf passieren.

Müßiggang ist aller Laster Anfang. Ja oder nein? Eine im Grundgesetzt verankerte Bemühungspflicht bietet sich als Lösung an. Tut mir leid, ich finde keine Arbeit. Im Krankenhaus suchen wir Hilfskräfte. Da ist die Arbeit. Ein Patient bedankt sich. Stolz kommt auf. Karma erfüllt.

Und wenn einer für die Arbeit zu krank ist? Stephen Hawking hat mit einer Diktieranlage weitergearbeitet. Ein Idol.

Frank denkt oft, wenn er die Nachrichten sieht, dass wir sowieso aufpassen müssen, damit uns die öffentliche Ordnung nicht ganz entgleitet. Für die Zukunft sind nämlich schon unangenehme Szenarien vorgestellt worden.

Im Film mit der Zeitmaschine setzt sich der Held auf sein Gerät und düst einfach ab. Das Verhalten kann an die englischen Milliardäre erinnern, die einen UK failed state verlassen und sich sonst wo ansiedeln. Wenn alles gut geht, schrappen. Wenn es in die Hose geht, abhauen.

Abhauen ist beliebt. Die Zeitmaschine oder eine Raumstation gehören dazu. In dem Film Elysium setzen sich die oberen Zehntausend gleich ganz ab. Sie haben sich eine Raumstation im Orbit genehmigt. Dort sieht es aus wie in Beverly Hills. Unten darben die armen Menschen, ober feiert die Schickeria. Es geht hin und her mit dem Film.

Hollywood kann auch noch ganz anders. Was tun wir, wenn es keine Zeitmaschine und keine Orbitalstation gibt? In dem ‚Film 2022 – die überleben wollen' hat das öffentliche Leben in Chaos geendet. Alles wird reglementiert. Dennoch sieht der Alltag böse aus. Wer keine Lust mehr hat, der kann sich in staatlichen Instituten einschläfern lassen. Aber nichts wird vergeudet. Der tote Mensch wird recycelt und als Nahrung wiederverwendet.

Jetzt kann ein Zuschauer sagen, okay, die bisherigen Lösungen aus Hollywood waren Käse. Fliehen wir ins 23. Jahrhundert. Das hilft auch nichts. Es kommt noch schlimmer. In dem Streifen Flucht ins 23. Jahrhundert ist mit dreißig Schluss.

Da wird mancher Teilnehmer in den TV-Runden staunen, wenn Gesellschaftmodelle der Zukunft diskutiert werden. Moment mal, Moment mal, ich bin doch schon 28.

In dem Film wollen ein paar Leute mit dreißig nicht sterben und finden einen Ausweg.

DAS FÜNF-PROZENT-OPFER

Gesellschaftliches Chaos führt in Dystopie. Diese Filme zeigen mögliche Szenarien. So, was ist der Ausweg?

Eine Fünf-Prozent-Klausel? Jede Generation verpflichtet sich, fünf Prozent der Männer und Frauen für gemeinsame Dienste bereitzustellen. Diese Menschen werden also nicht Banker oder Popstar. Sie erklären sich bereit, ein Leben lang gemeinwirtschaftliche Aufgaben zu übernehmen. Der eine kann in der Grundschule gut rechnen. Er kümmert sich später um die Staatsfinanzen. Der andere interessiert sich für Biologie. Er wird im Ministerium für Forschung und Umweltschutz arbeiten. Der dritte kann mit Menschen gut umgehen. Er lernt in Berlin, in Paris und in der Mongolei. Später arbeitet er im Außenministerium. Diese Menschen werden im Elternhaus und in der Schule liebevoll auf ihre Aufgaben vorbereitet. Sie gucken nicht nach Geld, oder nach viel Geld. Sie werden in bürgerlichem Rahmen entlohnt. Sie erfreuen sich an einem Leben als Chaos-Verhinderer.

Im Zug sucht Frank nach einem freien Abteil. Da sitzt ein einzelner Mann. Frank schätzt ihn auf etwa sechzig Jahre. Der Mann fährt auch am frühen Nachmittag zurück. Ein Eloi.